AF397685

Nur die Sterne wissen alles

Glenda Peti

© 2023
likeletters Verlag
Inh. Martina Meister
Legesweg 10
63762 Großostheim
www.likeletters.de
info@likeletters.de

Autorin: Glenda Peti
Bildquelle: Midjourney

ISBN: 9783946585466

Teilweise kam für dieses Buch künstliche Intelligenz zum Einsatz.

Inhaltsverzeichnis

Kapitel 1

Das sanfte Glühen des späten Nachmittagslichts fiel durch das Fenster von Lenas Zimmer und erweckte die an den Wänden hängenden Sternkarten und Astronomieposter zum Leben.

In einer Ecke des Raumes, direkt unter einem großformatigen Poster des Orionnebels, stand ein gebrauchtes, aber liebevoll gepflegtes Teleskop – ein Geschenk ihres Vaters zu ihrem zehnten Geburtstag.

Ihr Zimmer war ein Ort, an dem die Grenzen zwischen Raum und Zeit zu verschwimmen schienen, ein privates Observatorium, in dem Lena den Sternen näher kam.

Sie saß an ihrem Schreibtisch, umgeben von aufgeschlagenen Büchern über Sternbilder und alten Astronomiezeitschriften. Eine Tasse dampfenden Tee stand neben ihr, während ihre Augen über die Seiten voller Mythen und Legenden wanderten, die sich um die funkelnden Himmelskörper rankten.

Diese Bücher waren mehr als nur eine Sammlung von Wissen; sie waren Fenster in andere Welten, Brücken zu einem Universum, das so viel größer war als ihr kleines Zimmer in der verschlafenen Küstenstadt.

Auf ihrem Schreibtisch, neben einem Berg von Notizblättern und Skizzen, stand ein Foto von ihrem Vater. Es zeigte ihn, wie er ein Teleskop auf einen fernen Punkt am Himmel richtete, umgeben von der Dunkelheit einer klaren Nacht.

Dieses Bild war eine ständige Erinnerung an die Nächte, die sie zusammen verbracht hatten, den Kopf in den Nacken gelegt, die Augen auf die unendliche Weite des Universums gerichtet.

Er hatte ihr beigebracht, die Namen der Sterne zu murmeln, als würden sie alte Freunde begrüßen.

Der Verlust ihres Vaters vor zwei Jahren hatte eine Lücke hinterlassen, die sich an manchen Tagen wie ein Abgrund anfühlte. Sie hat sich damals von allen zurückgezogen. Selbst ihre besten Freunde hat sie von sich gestoßen.

Die Astronomie war ihre Art, die Verbindung zu ihm aufrechtzuerhalten, ein stilles Gespräch zwischen den Sternen, das sie weiterführte.

In der Schule fühlte sich Lena oft wie ein Fremdkörper – ein leises, nachdenkliches Mädchen, das lieber in den Himmelskarten ihrer Bücher versank, als sich den flüchtigen Freuden der Teenagerjahre hinzugeben.

Ihre Klassenkameraden, die sich in den Pausen über die neuesten Modetrends und sozialen Medien austauschten, schienen eine Sprache zu sprechen, die ihr fremd war.

Trotz der gelegentlichen Sticheleien und des Gefühls der Isolation hatte Lena gelernt, in ihrer eigenen Welt Zuflucht zu finden.

Ein Blick auf den Kalender an der Wand erinnerte sie daran, dass in zwei Tagen der jährliche Meteoritenschauer stattfinden würde.

Dieses Ereignis hatte sie seit ihrer Kindheit jedes Jahr mit ihrem Vater beobachtet.

Lena wurde von einer Welle der Nostalgie erfasst. Sie schloss die Augen und ließ sich in eine Erinnerung sinken, die so klar und lebendig war, als wäre sie erst gestern geschehen.

Es war eine laue Sommernacht vor vielen Jahren, der Garten hinter ihrem Haus war in sanftes Mondlicht getaucht. Ihr Vater hatte das alte Teleskop aufgestellt, und sie saß auf einer

Decke im Gras, ihren Kopf neugierig nach oben gerichtet.

«Ich zeige dir heute etwas Besonderes, Lena», hatte ihr Vater gesagt, seine Augen funkelnd wie die Sterne über ihnen. «Jedes Sternbild hat seine eigene Geschichte.»

Er begann mit dem Großen Bären, zeigte ihr, wie man ihn am Himmel findet. «Siehst du diesen hellen Stern? Das ist der Polarstern. Er hilft den Menschen seit Jahrhunderten, ihren Weg zu finden.»

Lena lauschte fasziniert, als ihr Vater von den Mythen und Legenden erzählte, die jedes Sternbild umgaben. Sie lernte über Orion, den Jäger, über die Plejaden und die romantische Geschichte hinter der Leier.

Während sie so da saßen und in die Sterne blickten, fühlte Lena sich ihrem Vater näher als je zuvor. Es war, als ob sie durch die Sterne eine Verbindung zu etwas Ewigem, Unendlichem knüpften – eine Verbindung, die über ihre eigene kleine Welt hinausging.

«Dad, was ist dein Lieblingssternbild?», fragte sie, als sie eine Sternschnuppe über den Himmel ziehen sahen.

Er hatte nachgedacht und dann gelächelt. «Ich denke, es ist der Schwan. Er erinnert mich daran, wie wichtig es ist, seine Träume zu verfolgen, egal wie weit sie zu fliegen scheinen.»

Diese Nacht, die Geschichten und das Gefühl der Nähe zu ihrem Vater waren für Lena ein kostbarer Schatz. Sie öffnete die Augen, zurück in ihrem Zimmer, und spürte eine Träne, die sich ihren Weg über ihre Wange bahnte.

«Dieses Jahr bin ich alleine», flüsterte sie, während sie aus dem Fenster blickte. «Ich hoffe, es geht dir gut da oben bei den Sternen. Ich vermisse dich, Papa.»

In der Schule war es noch lauter als sonst, während Lena durch die Flure ging. Die Nachricht von der Ankunft eines neuen Schülers, Max, hatte sich verbreitet und war das Gesprächsthema des Tages. Lena, die sich normalerweise von Klatsch und Tratsch fernhielt, spürte eine ungewohnte Neugier.

Als sie das Klassenzimmer betrat, fiel ihr Blick sofort auf Max. Er stand am Fenster, sein Blick nach draußen gerichtet, als wäre er in Gedanken weit entfernt. Mit seinem dunklen Haar und einer lässigen Kleidung hob er sich von den anderen Schülern ab. Lena fühlte eine unerklärliche Anziehung.

Der Lehrer rief die Klasse zur Ruhe. Es war Astronomie, Lenas Lieblingsfach. Der Lehrer kündigte an, dass die Klasse in Zweiergruppen an Projekten zum Meteoritenschauer arbeiten sollte. Zu Lenas Überraschung wählte Max sie als Partnerin.

«Ich habe gehört, du weißt einiges über Sterne», sagte Max leise, als sie sich zusammensetzten.

Lena nickte, noch immer überrascht von der unerwarteten Aufmerksamkeit.

«Ja, ich beobachte sie schon lange.»

Maxs Lächeln war sanft.

«Ich auch. Sie haben etwas Beruhigendes.»

Er zog ein Skizzenbuch hervor, das mit Zeichnungen von Landschaften und Himmelskörpern gefüllt war. «Ich zeichne gern, besonders den Nachthimmel.»

Während sie über das Projekt sprachen, fand Lena sich immer mehr in das Gespräch vertieft. Maxs ruhige Art und kreative Ideen öffneten eine neue Welt für sie. Sie beschlossen, ihre astronomischen Kenntnisse und seine künstlerischen Fähigkeiten zu kombinieren.

Als die Stunde endete, vereinbarten sie, ihre Ideen weiterzuentwickeln. Lena spürte eine Veränderung in sich – die

Begegnung mit Max hatte etwas in ihr geweckt, eine Sehnsucht nach etwas Neuem.

Abends saß Lena an ihrem Fenster und blickte zu den Sternen.

«Es gibt da diesen Jungen… er ist anders als die anderen. Er scheint mich zu verstehen. Was meint ihr dazu?»

Die Schulbibliothek, ein stiller Ort des Studiums, war an diesem Nachmittag von einer besonderen Atmosphäre erfüllt. Sanfte Musik spielte leise aus den Lautsprechern, und das gedämpfte Licht, das durch die hohen Fenster fiel, tauchte den Raum in ein sanftes Gold.

Lena und Max saßen an einem abgelegenen Tisch, umgeben von Astronomiebüchern und Zeichenmaterialien.

Max hatte mehrere Skizzen ausgebreitet, die verschiedene Sternbilder in abstrakten Formen und lebendigen Farben zeigten. Lena war fasziniert von der Art, wie seine Zeichnungen die Sterne zum Leben erweckten.

«Ich habe noch nie jemanden getroffen, der die Sterne so zeichnet», sagte sie, während sie eine Skizze des Orionnebels betrachtete.

«Ich versuche, das Gefühl einzufangen, das ich empfinde, wenn ich in den Himmel schaue», antwortete Max. «Es ist mehr als nur Licht – es ist eine Geschichte, eine Emotion.»

Während sie über die Sternbilder für ihr Projekt sprachen, erzählte Max über seine Vergangenheit. Er sprach von den vielen Orten, an denen er gelebt hatte, und wie jeder Umzug es ihm schwer machte, dauerhafte Beziehungen zu knüpfen.

Lena spürte eine tiefe Verbindung zu ihm, eine Seelenverwandtschaft, die sie bisher nur mit den Charakteren in ihren Büchern gefunden hatte.

«Es ist schwierig, immer wieder von vorn anzufangen», gestand Max. «Manchmal fühle ich mich wie ein Satellit, der auf der Suche nach einem Ort zum Andocken ist.»

«Ich kenne das Gefühl, anders zu sein», sagte Lena. «Hier in dieser Stadt fühle ich mich oft wie eine Außenseiterin.»

«Vielleicht sind wir alle ein wenig verloren, bis wir jemanden finden, der unseren Himmel teilt», erwiderte Max.

Als sie die Bibliothek verließen, spürten sie beide, dass sich etwas zwischen ihnen verändert hatte. Eine Verbindung war entstanden, eine stille Kommunikation, die in den Sternen widerhallte.

Kapitel 2

Die Nacht des Meteoritenschauers war klar und kalt, verwandelte den Himmel über der Küstenstadt in ein prachtvolles Sternentheater. Lena hatte ihren Lieblingsplatz am Rand der Stadt ausgewählt, einen kleinen Hügel mit weitem Blick über das Meer.

Hier hatte sie mit ihrem Vater unzählige Stunden verbracht, eingehüllt in die Wärme seiner Geschichten und der Wunder des Kosmos.

Sie hatte sich mit Max verabredet, weil sie sich gemeinsam die Sternschnuppen ansehen wollten. Sie zu zeichnen war eine gute Idee für ihr Projekt.

Max kam pünktlich, eine Thermoskanne mit heißem Kakao in der Hand.

«Für die Wärme», sagte er mit einem Lächeln. Sie breiteten Decken aus und richteten ihre Teleskope auf den Nachthimmel.

Während sie auf die ersten Sterne warteten, sprachen sie über Musik, Träume und die kleinen Details des Lebens. Max erzählte von seinen früheren Erfahrungen mit Meteoritenschauern und Lena lauschte fasziniert.
Als die ersten Sternschnuppen über den Himmel flogen, verstummte ihre Unterhaltung.
Sie lagen nebeneinander, blickten nach oben und beobachteten das Schauspiel.
Lena fühlte sich überwältigt von der Schönheit des Moments, eine tiefe Verbindung zum Universum spürend.
«Es ist, als ob jeder Stern eine Geschichte erzählt», flüsterte Max.
Lena drehte sich zu ihm um und sah in seine Augen, die im Sternenlicht funkelten. «Mein Vater sagte immer, Sterne sind wie Erinnerungen, ewig und unvergänglich.»
In diesem Moment fand eine stille Annäherung statt. Max' Hand suchte die ihre, und sie hielten einander fest,

verbunden durch die Magie des Kosmos.

Nachdem der Meteoritenschauer nachließ, blieben sie noch lange sitzen, teilten Momente der Stille und sprachen leise. Es war eine Nacht der alten Erinnerungen und neuer Anfänge, gefüllt mit dem Flüstern der Sterne.

Nach dem gemeinsamen Abend während des Meteoritenschauers fühlte sich die Welt für Lena verändert an.

Die Schule, die Straßen ihrer Stadt, selbst ihr eigenes Zimmer schienen in einem neuen Licht zu erstrahlen. Die Nacht unter den Sternen hatte nicht nur den Himmel, sondern auch ihr Inneres erhellt.

Max und sie verbrachten nun mehr Zeit zusammen. Ihre Treffen beschränkten sich nicht mehr nur auf das Astronomieprojekt. Sie zeichneten gemeinsam, beobachteten die Sterne und tauschten ihre Gedanken und Träume aus.

Die Schule war plötzlich ein Ort des Getuschels und der verstohlenen Blicke, die Lena und Max auf Schritt und Tritt folgten. Gerüchte über sie und Max hatten sich verbreitet, verstärkt durch Missverständnisse und die typische Neigung zu Übertreibungen der Highschool.

Die anderen Schüler lachten und tuschelten immer dann, wenn sie Lena und «den Neuen» sahen.

Sie sprachen darüber, wie schnell die scheue Lena sich Fremden an den Hals wirft und dass sie diese total unterschätzt hätten. Sie machten sich lustig über ihre aufkeimende Freundschaft.

Lena fühlte sich unwohl unter dieser Aufmerksamkeit. Sie, die sich sonst im Hintergrund hielt, war nun Gegenstand von Spekulationen.

Max schien diese Situation ebenso zu belasten. Die Gerüchte und familiärer Stress machten ihm zu schaffen.

In einer ruhigen Ecke des Schulhofs, fernab neugieriger Blicke, trafen sich Lena und Max in der Mittagspause.

«Es ist verrückt», begann Lena, «wie schnell Gerüchte entstehen und sich verselbstständigen.»

Max nickte, seine Augen auf den Boden gerichtet.

«Es tut mir leid, Lena. Ich wollte nicht, dass du wegen mir in so eine Situation gerätst.»

Lena spürte, wie ihr Herz sank.

«Vielleicht sollten wir etwas Abstand halten, zumindest in der Schule», schlug sie vor, obwohl ihr die Idee schmerzte.

Max sah sie an, der Schmerz in seinen Augen deutlich.

«Wenn du denkst, dass dies das Beste ist.»

Sie verbrachten den Rest der Pause in einem unbehaglichen Schweigen, jeder in seinen Gedanken verloren.

Lena war gerade dabei, ihre Bücher in ihr Schließfach zu räumen, als sie Daniels Stimme hinter sich hörte.
«Hey, Lena, wartest du auf jemanden?» Überrascht drehte sie sich um und sah Daniel, einen ihrer Klassenkameraden.
Er gehörte zu den ruhigeren Schülern, ähnlich wie sie, und hatte freundliche Augen und ein sanftes Lächeln.
«Nein, ich warte auf niemanden», antwortete sie, noch immer überrascht von seiner Ansprache.
«Ich habe von den Gerüchten gehört», sagte Daniel. «Du solltest nicht alles zu Herzen nehmen, was sie sagen.»
Lena seufzte.
«Es ist schwer, es zu ignorieren.»
Daniel nickte.
«Ich kenne das. Aber manchmal ist es das Beste, sich davon abzuschirmen. Wenn du jemanden zum Reden brauchst, ich bin hier.»

In den folgenden Tagen entwickelte sich zwischen Lena und Daniel eine unerwartete Freundschaft.

Sie verbrachten Zeit miteinander, sprachen über Bücher, Filme und gelegentlich über Astronomie. Daniels Humor und unkomplizierte Art halfen Lena, sich von der Anspannung der letzten Wochen zu lösen.

Die anderen Schüler mochten Daniel. Deshalb hörte das Getuschel auch schnell auf.

Max beobachtete diese wachsende Freundschaft mit gemischten Gefühlen. Einerseits war er erleichtert, dass Lena Unterstützung hatte, andererseits fühlte er sich unsicher über ihre Beziehung.

Lena, die Max' Blick bemerkte, fühlte sich zerrissen. Sie schätzte Daniels Freundschaft, wollte aber Max nicht verletzen.

Schließlich schrieb sie Max eine Nachricht, dass sie sich gern mit ihm treffen würde.

Kapitel 3

In dem kleinen, gemütlichen Café, abseits des Schultrubels, saßen Lena und Max bei einer Tasse Tee. Die sanfte Musik im Hintergrund und das leise Summen umliegender Gespräche bildeten einen ruhigen Kontrast zu den Turbulenzen ihrer Gedanken.

Max spielte nervös mit dem Teelöffel, bevor er sich entschied, Lena mehr über seine Familie zu erzählen.

«Meine Mutter hat uns verlassen, als ich noch ziemlich jung war», begann er leise. «Danach verfiel mein Vater dem Alkohol. Es war, als hätte ihr Weggang alles in ihm zerbrochen. Er trinkt ständig und regelmäßig. Jedes Mal, wenn er einen großen Absturz hat, beschließt er, woanders einen Neuanfang zu wagen und wegzuziehen. Dort dauert es dann wenige Wochen, bis alles wieder von vorne losgeht. Da er von seinen Eltern viel Geld geerbt hat, können wir uns das zumindest finanziell leisten. Doch Geld löst eben nicht alle Probleme.»

Lena hörte zu, ihr Herz erfüllt von einer Mischung aus Mitleid und tiefem Verständnis.

«Das muss hart für dich gewesen sein, als deine Mutter ging», sagte sie sanft, ihre Augen voll Mitgefühl.

Max blickte durch das Fenster, seine Augen reflektierten eine Welt des Schmerzes.

«Es war eine schwierige Zeit. Ich habe mich oft gefragt, ob ich etwas hätte tun können, um sie zum Bleiben zu bewegen. Aber mit der Zeit habe ich gelernt, dass manche Dinge außerhalb unserer Kontrolle liegen.»

Lenas Gedanken drifteten zu dem Tag, an dem sie ihren Vater verloren hatte.

«Ich verstehe das irgendwie», gab sie zu. «Als mein Vater starb, habe ich mich von der Welt abgewandt. Ich dachte, es wäre einfacher, alleine zu sein, als den Schmerz zu teilen.»

Max legte vorsichtig seine Hand über ihre.

«Aber jetzt sind wir hier. Vielleicht mussten wir durch all das gehen, um zu diesem Punkt zu kommen.»

In diesem Moment, in diesem kleinen Café, fanden zwei Seelen, die von Verlust und Einsamkeit geprägt waren, Trost und Verständnis ineinander.

Sie teilten ihre Geschichten, ihre Ängste und Hoffnungen und entdeckten in der Offenheit des anderen einen Spiegel ihrer eigenen Sehnsüchte und Träume.

Als sie später das Café verließen, fühlte sich die Welt draußen ein wenig weniger einsam an.

In ihrer gemeinsamen Erfahrung hatten sie eine tiefe Verbundenheit gefunden, die über die bloße Freundschaft hinausging.

Im Haus war es still, als Lena ihre Mutter in der Küche traf, die gerade eine Tasse Tee zubereitete. Dr. Martina Berger, eine respektierte Ärztin, hatte selten freie Abende, aber heute war einer davon.

Sie sah müde aus, lächelte aber, als sie Lena bemerkte.

«Lena, setz dich. Wir haben schon lange nicht mehr richtig geredet», sagte sie, während sie zwei Tassen auf den Tisch stellte.

Lena nahm zögernd Platz, unsicher, worauf dieses Gespräch hinauslaufen würde. Ihre Mutter hatte immer versucht, Verständnis für Lenas introvertierte Art aufzubringen, auch wenn sie diese nicht immer ganz nachvollziehen konnte.

«Du bist in letzter Zeit so oft allein, Lena. Ich mache mir Sorgen um dich», begann ihre Mutter sanft. «Nach… nachdem dein Vater gegangen war, hast du dich so sehr zurückgezogen. Hast du… hast du Freunde in der Schule?»

Lena blickte auf ihre Hände, die sich um die warme Tasse schlossen. «Ich… es ist kompliziert, Mama. Ich hatte Freunde, aber nach Papas Tod habe ich mich von allen isoliert. Es schien einfacher so.»

Dr. Berger nickte verständnisvoll.

«Ich weiß, dass es hart für dich war, Liebes. Aber du darfst dich nicht von der Welt abschotten. Es ist wichtig, Beziehungen zu pflegen, zu teilen.»

«Ich versuche es», flüsterte Lena. «In letzter Zeit… gibt es da jemanden in der Schule. Wir arbeiten an einem Projekt zusammen. Es… es hilft ein wenig.»

Ihre Mutter lächelte aufmunternd.

«Das freut mich zu hören. Und dieser jemand, ist das ein Junge oder ein Mädchen?»

Lena spürte, wie ihre Wangen leicht erröteten.

«Ein Junge. Nein, es sind sogar zwei Jungs, mit denen ich mich ganz gut verstehe. Aber es ist nicht so, wie du denkst. Wir sind nur Freunde.»

«Freunde sind ein guter Anfang», sagte ihre Mutter und trank einen Schluck Tee. «Erinnere dich nur daran, Lena, dass es in Ordnung ist, sich anderen zu öffnen. Es ist in Ordnung, zu trauern, aber es ist auch in Ordnung, weiterzumachen.»

Das Gespräch driftete dann zu alltäglicheren Themen ab, aber Lenas Gedanken kreisten weiter um die Worte ihrer Mutter. Vielleicht hatte sie recht.

Vielleicht war es an der Zeit, die Mauern, die sie um sich herum aufgebaut hatte, ein wenig zu lockern.

Als Lena später in ihrem Zimmer saß, blickte sie aus dem Fenster in den Sternenhimmel und dachte über die Veränderungen nach, die sich langsam in ihrem Leben vollzogen.

«Gebt mir die Kraft, und den Mut, die
ich brauche, um wieder jemanden an
mich heranzulassen», sagte sie zu den
Sternen.

Kapitel 4

Max hatte sich in der Bibliothek einen ruhigen Platz gesucht, um sich auf sein Astronomieprojekt zu konzentrieren, als er Daniels Stimme hörte.

Er blickte auf und sah, wie Daniel einige Bücher in den Regalen durchstöberte. Ihr Blick traf sich, und für einen Moment hing eine spürbare Spannung in der Luft.

«Hey», sagte Daniel schließlich und trat näher. «Du bist Max, richtig? Lena hat mir von dir erzählt.»

Max nickte, seine Haltung angespannt.

«Ja, das bin ich. Und du bist Daniel.»

Ein Moment des Schweigens entstand, bevor Daniel sich gegenüber von Max auf einen Stuhl setzte.

«Lena ist eine tolle Person», begann er, als ob er eine Art Waffenstillstand anbieten wollte.

«Ja, das ist sie», stimmte Max zu, seine Stimme vorsichtig. «Wir arbeiten zusammen an einem Projekt für die Astronomieklasse.»

«Sie hat mir davon erzählt», sagte Daniel. «Sie ist wirklich sehr daran interessiert. Astronomie ist ihr Ding, oder?»

Max entspannte sich ein wenig.

«Ja, und sie ist wirklich gut darin. Es ist erstaunlich, wie viel sie darüber weiß.»

Das Gespräch entwickelte sich langsam, von anfänglicher Zurückhaltung zu vorsichtigen Fragen über ihre gemeinsamen Interessen.

Sie sprachen über die Schule, ihre Zukunftspläne und sogar über ihre Hobbys.

Während sie redeten, begannen sie, einander in einem anderen Licht zu sehen. Von Lena hatten sie jeweils nur von ihrem Gegenüber als den «anderen Jungen» gehört, aber jetzt, da sie direkt miteinander sprachen, entdeckten sie, dass sie mehr gemeinsam hatten, als sie gedacht hatten.

«Du bist eigentlich ganz in Ordnung», gab Daniel schließlich zu, ein kleines Lächeln auf seinen Lippen.

Max lächelte zurück.

«Du auch. Ich… Ich dachte, das hier würde anders laufen.»

«Manchmal sind Dinge nicht so, wie sie scheinen», sagte Daniel nachdenklich.

«Ich denke, das Wichtigste ist, dass Lena glücklich ist, oder?»

«Ja», stimmte Max zu. «Das ist es.»

Als sie die Bibliothek verließen, war die Atmosphäre zwischen ihnen nicht mehr von Spannung, sondern von einem neu entdeckten Respekt geprägt.

Sie hatten beide ihre eigenen Gefühle für Lena, aber jetzt verstanden sie, dass nicht immer Konkurrenz zwischen Rivalen bestehen musste. Manchmal konnten unerwartete Wege zu Verständnis und Respekt führen.

Lena wartete an der Bushaltestelle, ständig auf ihr Handy blickend.

Sie hatte eine kurze, beunruhigende Nachricht von Max erhalten: «Im Krankenhaus mit Dad. Es geht ihm nicht gut. Kann unser Treffen nicht wahrnehmen.»

Besorgt und mit einem flauen Gefühl im Magen rief sie Daniel an.

«Daniel, es geht um Max' Vater. Er ist im Krankenhaus. Max ist bei ihm. Kannst du mich hinfahren? Ich bin mir sicher, er kann Unterstützung gebrauchen.»

Im Krankenhaus fanden sie Max in einem der Wartebereiche, sein Gesichtsausdruck angespannt und müde. Als er Lena und Daniel sah, stand er auf und kam ihnen entgegen.

«Danke, dass ihr gekommen seid», sagte er leise.

«Was genau ist passiert, Max?», fragte Lena besorgt.

Max atmete tief durch.

«Mein Vater… er hatte einen totalen Zusammenbruch. Ich fand ihn zu Hause. Es war wirklich schlimm diesmal. Also noch schlimmer als sonst. Ich dachte, er stirbt.»

In diesem Moment trat Dr. Martina Berger, Lenas Mutter, hinzu.

«Max, ich bin Dr. Berger, Lenas Mutter. Dein Vater ist jetzt stabil, aber wir müssen ihn noch weiter beobachten. Er hatte viel Glück.»

Max nickte, seine Augen füllten sich mit Tränen der Erleichterung und Dankbarkeit. «Danke, Dr. Berger. Ich weiß nicht, was ich getan hätte, wenn…»

«Du hast schnell gehandelt, Max. Das ist das Wichtigste», erwiderte Dr. Berger beruhigend.

Als Lena das Zusammenspiel zwischen ihrer Mutter und Max beobachtete, spürte sie eine Wärme und Verständnis in der Art, wie ihre Mutter mit Max sprach. Genau für diese Art liebte sie ihre Mutter sehr.

«Können wir ihn sehen?», fragte Lena.

«Für einen kurzen Moment, aber er braucht Ruhe», antwortete ihre Mutter.

Leise betraten sie das Krankenzimmer, wo Max' Vater schlief. Er sah friedlich aus, aber die Spuren des Alkohols waren in seinem erschöpften Gesicht sichtbar.

Max flüsterte leise zu seinem Vater.

«Ich bin da, Dad. Du wirst es schaffen.»

Als sie das Zimmer verließen, spürte Lena, wie Max' Hand zitterte. Sie legte ihre Hand auf seine.

«Es wird alles gut, Max. Wir sind für dich da.»

Kapitel 5

Lena und Max saßen nebeneinander und blickten in den klaren Nachthimmel.

Ihr Astronomieprojekt näherte sich dem Abschluss, doch ihre Unterhaltungen hatten längst eine tiefere Ebene erreicht.

«Das Universum ist ständig in Bewegung, genau wie unser Leben», sagte Lena nachdenklich, als sie durch das Teleskop schaute.

Max nickte zustimmend.

«Manchmal fühlt es sich an, als würden wir einfach mitgerissen, ohne Kontrolle über die Richtung.»

Während sie über ihre Gedanken und Ängste sprachen, waren sie sich nicht bewusst, dass sich auch in den Leben ihrer Eltern Veränderungen anbahnten.

In einer ruhigen Ecke des Krankenhauses traf Dr. Martina Berger, Lenas Mutter, Max' Vater zu einem Gespräch.

«Wie fühlen Sie sich heute, Herr König?», fragte sie mit professioneller Wärme.

«Ein wenig besser, danke, Dr. Berger», antwortete er höflich. «Und ich muss sagen, Ihre Unterstützung hat mir sehr geholfen.»

Es war ein kurzes Gespräch, aber es offenbarte eine wachsende Sympathie zwischen ihnen, die noch unausgesprochen war.

Einige Tage später sprach Max mit seinem Vater über dessen Genesung.

«Es ist gut, zu hören, dass es dir besser geht, Dad.»

Sein Vater blickte nachdenklich.

«Ja, und ich habe Unterstützung im Krankenhaus gefunden. Dr. Berger… sie hat mir sehr geholfen.»

Max lächelte, erfreut über die positiven Veränderungen in seinem Vater.

«Das ist toll, Dad. Jede Unterstützung
ist wichtig.»

Einige Wochen nach seiner Entlassung aus dem Krankenhaus traf Herr König, Max' Vater, zufällig Dr. Martina Berger in einem kleinen Café in der Nähe des Parks. Sie saßen an einem ruhigen Tisch und bestellten Kaffee.

«Ich wollte Ihnen persönlich danken, Dr. Berger», begann Herr König. «Seit meiner Entlassung habe ich keinen Alkohol mehr angerührt. Ihr Rat und Ihre Unterstützung im Krankenhaus haben wirklich einen Unterschied gemacht.»

Dr. Berger lächelte warm.

«Das ist eine beachtliche Leistung, Herr König. Ich bin froh, dass ich helfen konnte. Und bitte, nennen Sie mich Martina.»

Währenddessen arbeiteten Lena und Max weiterhin an ihrem Astronomie-projekt.

In der Stadtbibliothek, umgeben von alten Büchern und Sternenkarten, fanden sie einen gemeinsamen Rhyth-

mus in ihrer Arbeit und ihren Gesprä-
chen.

Daniel, der immer noch eine wichtige
Stütze für Lena war, bemerkte die sich
vertiefende Bindung zwischen ihr und
Max.

Eines Nachmittags, während eines Spaziergangs, sprach Lena ihre Gedanken
aus.

«Manchmal wünsche ich mir, ich
könnte die Antworten in den Sternen
finden. Wenn sie nur mit mir reden
könnten. Ich denke, die Sterne wissen
alles.»

«Vielleicht sind die Antworten näher,
als du denkst», antwortete Daniel sanft.

In der Zwischenzeit entwickelte sich
zwischen Dr. Berger und Herrn König
ein Gespräch, das über das Medizi-
nische hinausging. Sie sprachen über
ihre Interessen, ihre Träume und sogar
über ihre Kinder.

«Meine Tochter, Lena, sie ist mein Ein
und Alles», sagte Dr. Berger nachdenk-

lich. «Sie hat in letzter Zeit so viel durchgemacht.»

«Ich verstehe das», erwiderte Herr König. «Max bedeutet mir auch alles. Er hat mir durch die schwersten Zeiten geholfen.»

Kapitel 6

Das Astronomieprojekt von Lena und Max hatte seinen Höhepunkt erreicht. In der Aula präsentierten sie ihre Arbeit – eine beeindruckende Sammlung von detaillierten Sternkarten, ergänzt durch Max' kunstvolle Zeichnungen des Nachthimmels.

Jedes Bild zeigte ein anderes Sternbild, kunstvoll interpretiert, mit sanften Farbverläufen, die das Funkeln der Sterne einfingen.

Im Schulhof hatten sie ein Teleskop aufgestellt, um ihre Mitschüler die Schönheit des Kosmos hautnah erleben zu lassen.

Die Reaktionen waren überwältigend positiv. Lehrer und Schüler gleichermaßen waren beeindruckt von der Tiefe ihres Wissens und der Kreativität ihrer Darstellung.

Nach der Präsentation zogen sich Lena und Max in den nahegelegenen Park zurück, um zu reflektieren.

«Ich kann kaum glauben, dass es schon vorbei ist», sagte Lena und blickte zu den Sternen auf. «Ich habe so viel von dir gelernt, Max.»

Max sah sie an, in seinen Augen ein Glanz, der mehr verriet, als Worte es könnten.

«Ich auch von dir, Lena. Diese Zeit mit dir… sie hat alles verändert.»

Sie saßen eine Weile schweigend da, die Atmosphäre geladen mit unausgesprochener Spannung und Antizipation.

Schließlich drehte Max sich zu Lena und nahm sanft ihr Gesicht in seine Hände.

«Lena, es gibt etwas, das ich schon lange tun möchte.»

Bevor Lena etwas erwidern konnte, neigte Max seinen Kopf und küsste sie sanft.

Es war ein Moment, in dem die Zeit stillzustehen schien, ein Kuss, der ihre bisher unausgesprochenen Gefühle füreinander offenbarte.

Sie sahen sich an, ihre Blicke sprachen Bände.

«Was bedeutet das jetzt für uns?», flüsterte Lena.

Max hielt ihre Hand.

«Ich weiß es nicht, Lena. Aber ich weiß, dass ich herausfinden will, wohin dieser Weg uns führt.»

In der Stille des Parks, unter dem weiten Sternenhimmel, begannen Lena und Max ein neues Kapitel ihrer Geschichte – zusammen, aber unsicher, wohin ihr gemeinsamer Pfad sie führen würde.

In der gemütlichen Küche der Bergers saß Lena ihrer Mutter gegenüber. Dr. Berger schien nach den richtigen Worten zu suchen, eine ungewöhnliche Unsicherheit in ihren Augen.

«Lena, ich muss mit dir über etwas sprechen», begann sie schließlich. «Es geht um Herrn König, Max' Vater.»

Lena spürte, wie sich ihre Stirn in Falten legte.

«Was ist mit ihm?»

Dr. Berger atmete tief durch.

«Wir haben in letzter Zeit einige Male zusammen gesprochen. Es hat sich… es hat sich eine Art Verbindung zwischen uns entwickelt. Ich bin mir noch nicht sicher, was das bedeutet, aber ich dachte, du solltest es wissen.»

Lena saß still da, die Informationen verarbeitend.

«Du meinst… ihr beiden? Aber was bedeutet das für Max und mich?»

«Ich weiß es nicht, Lena. Es ist alles sehr neu und unerwartet», antwortete ihre Mutter sanft.

Zur gleichen Zeit hatte Max ein ähnliches Gespräch mit seinem Vater. Herr König saß auf dem Sofa, ein nachdenklicher Ausdruck auf seinem Gesicht.

«Max, es gibt etwas, das ich dir sagen muss. Dr. Berger und ich, wir haben uns näher kennengelernt. Es ist nichts Festes, aber ich wollte, dass du es von mir hörst.»

Max fühlte, wie sich seine Welt drehte.

«Dad, das ist… das ist ziemlich überraschend. Was bedeutet das für Lena und mich?»

«Ich bin mir nicht sicher, Sohn. Aber ich glaube, es ist wichtig, dass wir ehrlich zueinander sind.»

Später trafen sich Lena und Max im Park, ein Ort, der einmal Trost geboten hatte, jetzt jedoch von Unsicherheit geprägt war. Sie setzten sich auf ihre übliche Bank und sahen sich an, jeder suchte nach Worten.

«Meine Mutter… sie hat mir von ihr und deinem Vater erzählt», sagte Lena leise.

«Mein Vater hat mir dasselbe gesagt», antwortete Max, seine Stimme voller Zögern. «Lena, was bedeutet das jetzt für uns?»

«Ich weiß es nicht, Max. Es fühlt sich so kompliziert an. Wir… wir haben gerade erst angefangen, uns zu finden.»

Sie saßen eine Weile schweigend da, jeder in seinen Gedanken versunken. Die Nachricht über ihre Eltern hatte eine unsichtbare Mauer zwischen ihnen errichtet, eine Komplikation, die keiner von ihnen vorhersehen konnte.

Als der Abend hereinbrach und die ersten Sterne am Himmel erschienen, standen Lena und Max auf.

«Egal, was passiert, Lena, ich möchte, dass du weißt, dass meine Gefühle für dich echt sind», sagte Max ernst.

Lena nickte, Tränen in den Augen.

«Ich auch, Max. Ich auch.»

Sie trennten sich an jenem Abend mit einer Umarmung, jeder mit seinen eigenen Gedanken und Sorgen, unsicher über die Zukunft, die vor ihnen lag.

Als Lena sich an diesem Abend den Sternen anvertraute, sagte sie: «Ich weiß, ihr haltet die Geheimnisse der Zeit und des Schicksals. Gebt mir die Stärke, das Richtige zu tun.»

Kapitel 7

In den Tagen nach dem schockierenden Geständnis ihrer Eltern fanden Lena und Max sich in einem Strudel der Verwirrung und gemischter Gefühle wieder.

Sie trafen sich weniger häufig, da jeder versuchte, seine Gedanken und Emotionen zu ordnen.

Da sie jemanden zum Reden brauchte, der nicht direkt in die Situation involviert war, beschloss sie, mit Daniel darüber zu sprechen.

Sie trafen sich in einem Café, wo sie ihm von der Situation erzählte. Daniels Augen weiteten sich in Überraschung.

«Das ist… kompliziert», sagte er. «Aber es sollte eure Beziehung nicht definieren. Ihr seid doch eigenständige Persönlichkeiten, Lena. Selbst wenn eure Eltern wirklich was miteinander anfangen, seid ihr ja nicht verwandt oder sowas.»

Lena nickte nachdenklich.

«Ich weiß, aber es fühlt sich so seltsam an. Als ob unsere Beziehung jetzt irgendwie falsch wäre. Und du weißt genau, wie schwer ich mir schon immer mit dem Gerede und Getuschel der anderen tue. Was gäbe DAS denn dann erst für Gesprächsstoff!»

«Ja, ich verstehe. Du solltest das tun, womit du dich gut fühlst. Oder zumindest, was erträglicher sein wird für dich.»

Währenddessen suchte Max Rat bei einem seiner neuen Skateboard-Freunde, einem älteren Jungen namens Lukas. Lukas hörte ihm zu und nickte.

«Mann, das ist eine harte Situation. Aber letztendlich musst du tun, was sich für dich richtig anfühlt, unabhängig von allem anderen.»

In der Zwischenzeit trafen sich Dr. Berger und Herr König weiterhin, aber mit einem neuen Bewusstsein für die Komplexität ihrer Situation. Während eines Spaziergangs sprach Dr. Berger ihre Bedenken aus.

«Wir müssen vorsichtig sein, wie wir damit umgehen. Unsere Kinder sind involviert, und das macht alles noch komplizierter.»

Herr König sah sie ernst an.

«Ich weiß. Ich hätte nie gedacht, dass das passieren würde. Aber ich kann nicht leugnen, dass ich mich zu Ihnen hingezogen fühle, Martina.»

Als Lena und Max sich schließlich trafen, war die Atmosphäre zwischen ihnen gespannt, aber sie waren beide entschlossen, offen miteinander zu sprechen. Sie gingen in den Park, wo alles begonnen hatte.

«Max, ich weiß nicht, was wir tun sollen», gestand Lena. «Ich mag dich wirklich, aber jetzt ist alles so kompliziert.»

Max nahm ihre Hand.

«Ich fühle dasselbe, Lena. Es ist, als ob das Schicksal uns einen Streich spielt. Aber ich glaube immer noch, dass wir etwas Besonderes haben.»

Sie saßen nebeneinander, sprachen über ihre Gefühle, ihre Ängste und die Unsicherheit der Zukunft.

Es gab keine einfachen Antworten, nur das klare Gefühl, dass, egal wie kompliziert die Dinge wurden, die Verbindung zwischen ihnen echt war.

Der lokale Skatepark war für Max in den letzten Wochen zu einem Zufluchtsort geworden, einem Ort, an dem er seinen Gedanken entfliehen und sich auf etwas anderes konzentrieren konnte.

An diesem sonnigen Nachmittag war der Park belebter als sonst. Skater unterschiedlichsten Alters zeigten ihre Tricks und Fähigkeiten. Unter ihnen war eine Skaterin, die sofort Max' Aufmerksamkeit erregte.

Ihr Name war Claudia, und sie bewegte sich mit einer solchen Anmut und Selbstsicherheit auf ihrem Board, dass Max nicht anders konnte, als fasziniert zuzuschauen.

Sie trug ein lässiges Outfit und ein breites, selbstbewusstes Lächeln. Ihre Haare waren zu einem lockeren Zopf gebunden, der bei jeder Bewegung mitschwang.

Nachdem sie eine besonders beeindruckende Trickkombination gelandet hatte, rollte sie zu Max herüber.

«Hey, ich habe dich hier schon ein paar Mal gesehen», sagte sie. «Du bist ziemlich gut.»

Max spürte, wie er leicht errötete.

«Danke. Du bist unglaublich auf dem Board.»

Claudia lachte.

«Danke, ich bin ja auch schon eine Weile dabei. Wie heißt du?»

«Ich bin Max», antwortete er, und sie begannen ein Gespräch.

Claudia erzählte ihm von den verschiedenen Skateparks, die sie besucht hatte, und ihren Reisen.

Ihre Energie und ihr Enthusiasmus waren ansteckend, und Max fand sich bald in einer Welt der Geschichten und Abenteuer wieder.

Während sie zusammen skateten, fühlte Max eine Leichtigkeit, die er lange nicht gespürt hatte. Claudias unbeschwerte Art bot ihm eine willkommene Ablenkung von den Komplikationen in seinem Leben.

Nachdem der Tag zu Ende ging und sie sich verabschiedeten, wurde Max nachdenklich. Claudia hatte etwas in ihm geweckt, eine Sehnsucht nach Einfachheit und Freiheit.

Er begann zu überlegen, was er wirklich vom Leben wollte und wie seine Beziehung zu Lena in dieses Bild passte.

Währenddessen hatte Lena ihre eigenen Kämpfe. Die Enthüllung ihrer Eltern lastete schwer auf ihr, und obwohl sie Max' Nähe schätzte, fühlte sie sich verwirrt und unsicher über die Zukunft.

Max saß noch lange auf einer Bank im Park, den Blick auf den sich färbenden Himmel gerichtet.

Die letzten Sonnenstrahlen des Tages spiegelten sich in seinen Gedanken wider – ein Kaleidoskop aus Möglichkeiten und Unsicherheiten.

Claudia hatte ihm einen Einblick in eine Welt gegeben, die so frei und unbeschwert schien, und das stand im starken Kontrast zu der komplizierten Situation, in der er sich mit Lena befand.

Er dachte an Lena, an ihre tiefen Gespräche und die Momente, in denen sie zusammen die Sterne beobachtet hatten.

Es war eine Verbindung, die er nicht leugnen konnte, aber jetzt, mit Claudias Erscheinen, fühlte er sich an einem Scheideweg.

Die kühle Abendluft brachte eine Klarheit mit sich, und Max erkannte, dass er Entscheidungen treffen musste.

Entscheidungen, die nicht nur sein eigenes Herz betrafen, sondern auch das von Lena.

Er wusste, dass es nicht einfach werden würde, aber er war entschlossen, einen Weg zu finden, der ihm treu blieb.

Mit einem tiefen Atemzug stand Max auf und machte sich auf den Heimweg.

Die Sterne am Himmel schienen heller denn je, als ob sie ihm den Weg weisen würden.

Kapitel 8

Lena saß in ihrem Zimmer, umgeben von Sternenkarten und Notizbüchern, doch ihre Gedanken waren weit entfernt.

Seit dem Gespräch mit ihren Eltern fühlte sie sich verloren in einem Meer aus Unsicherheit.

Die Beziehung ihrer Mutter zu Max' Vater warf so viele Fragen auf – über ihre eigene Zukunft mit Max, über die Familie und über die Liebe selbst.

In der Zwischenzeit trafen sich Dr. Berger und Herr König wieder im Café.

Ihre Gespräche waren von einer neuen Tiefe geprägt, da beide die möglichen Konsequenzen ihrer Gefühle für ihre Kinder bedachten.

«Ich hätte nie gedacht, dass ich in meinem Alter noch einmal so etwas empfinden würde», gestand Dr. Berger.

«Aber wir müssen vorsichtig sein. Unsere Kinder...»

Herr König nickte zustimmend.

«Ja, das Wohl von Max und Lena steht an erster Stelle. Wir sollten wirklich langsam vorgehen.»

Max traf sich erneut mit Claudia im Skatepark. Ihr unbeschwertes Lachen und ihre lebensfrohe Art waren für ihn eine willkommene Ablenkung von den komplizierten Gedanken, die ihn sonst plagten.

Mit jedem Trick und jeder Drehung auf dem Board fühlte er, wie sich ein Teil der Last von seinen Schultern hob.

Als er vom Skatepark nach Hause ging, traf Max zufällig auf Lena und Daniel. Lena lachte laut auf, weil Daniel einen Witz erzählt hatte.

Daniels unbeschwertes Lächeln und seine leichte Art brachten eine will-kommene Abwechslung in Lenas Welt.

Max, der Daniels wachsende Rolle in Lenas Leben bemerkte, empfand eine

Mischung aus Dankbarkeit und einer leisen Wehmut.

Daniel ging in eine andere Richtung weiter und Lena ging ein Stück mit Max.

Als sie alleine waren, reflektierten Lena und Max über die Entwicklungen in ihren Familien.

«Es ist seltsam, unsere Eltern so zu sehen», sagte Lena nachdenklich. «Aber ich bin froh, dass sie glücklich sind.»

«Ja, ich auch», antwortete Max. «Alles ändert sich, auch wir.»

Sie liefen eine Weile schweigend nebeneinander, verbunden durch die gemeinsame Vergangenheit und die unsichere Zukunft.

Sie wussten, dass ihre Wege sich möglicherweise trennen würden, aber die Bindung, die sie teilten, war tief und beständig.

Am nächsten Tag suchte Lena erneut das Gespräch mit Daniel.

Sie brauchte einen Freund, mit dem sie sprechen konnte, jemanden, der außerhalb der komplizierten Situation stand.

«Daniel, ich weiß nicht mehr, was ich tun soll», gestand sie während eines Spaziergangs. «Alles hat sich verändert, seit meine Mutter mir von ihr und Max' Vater erzählt hat.»

Daniel hörte aufmerksam zu.

«Vielleicht ist es an der Zeit, dass du und Max offen über eure Gefühle sprecht. Manchmal ist die direkte Konfrontation der beste Weg.»

Später am Abend trafen sich Lena und Max in ihrem üblichen Treffpunkt im Park. Die Luft war kühl, und der Sternenhimmel breitete sich über ihnen aus.

«Max, wir müssen reden», begann Lena. «Über uns, über unsere Eltern… über alles.»

Max sah sie ernst an.

«Ich weiß, Lena. Ich habe auch nachgedacht. Vielleicht… vielleicht sollten wir
eine Pause einlegen, bis wir das alles
verstanden haben.»

Lena spürte, wie ihr Herz sank, aber sie
wusste, dass Max recht hatte. «Ja, vielleicht ist es das Beste für uns beide.»

Sie saßen noch eine Weile da, jeder in
seinen eigenen Gedanken versunken,
bevor sie sich für die Nacht verabschiedeten.

Es war kein Abschied, sondern eine
Pause – eine Zeit, um zu reflektieren
und zu verstehen, was die Zukunft für
sie bereithalten könnte.

Kapitel 9

In den folgenden Tagen fand sich Lena oft an ihrem Lieblingsplatz am Fenster wieder, wo sie in die Sterne blickte.

Sie dachte über ihre Gefühle für Max nach, über die unerwartete Situation ihrer Eltern und darüber, wie all das ihre Zukunft beeinflussen könnte.

Die Sterne boten keine Antworten, aber sie brachten einen gewissen Trost in der Stille der Nacht.

Max seinerseits verbrachte mehr Zeit im Skatepark, oft in Gesellschaft von Claudia.

Ihre unbeschwerte Art half ihm, sich von den komplizierten Gedanken abzulenken, die ihn sonst plagten.

Doch selbst in diesen Momenten der Leichtigkeit fand seine Gedanken immer wieder den Weg zurück zu Lena und zu dem, was zwischen ihnen gewesen war.

An einem sonnigen Nachmittag beschloss Max, Claudia zu einem lokalen Skate-Wettbewerb zu begleiten, zu dem sie sich angemeldet hatte.

Er hatte sie in den vergangenen Wochen besser kennengelernt und war fasziniert von ihrer lebensfrohen Art und ihrer Fähigkeit, sich frei von den Lasten der Vergangenheit zu bewegen.

Als sie am Wettbewerbsort ankamen, war die Atmosphäre elektrisierend. Skater aus verschiedenen Städten waren gekommen, um ihr Können zu zeigen.

Claudia war sichtlich aufgeregt, aber auch zuversichtlich.

«Das wird Spaß machen», sagte sie mit einem strahlenden Lächeln.

Max beobachtete, wie Claudia sich aufwärmte und mit anderen Skatern austauschte.

Ihre Energie und Begeisterung waren ansteckend. Als sie an der Reihe war, rollte sie mit einer Leichtigkeit und

Anmut auf ihrem Board, die Max beeindruckte. Ihre Performance war nicht nur technisch einwandfrei, sondern auch künstlerisch und ausdrucksstark.

Nach ihrem Auftritt kam sie zu Max zurück, ihre Augen leuchteten vor Freude.

«Wie war ich?», fragte sie.

«Unglaublich», antwortete Max ehrlich. «Du hast eine echte Gabe.»

Claudia lächelte und setzte sich neben ihn.

«Weißt du, Skaten ist für mich mehr als nur ein Hobby. Es ist ein Weg, mich auszudrücken, frei zu sein.»

Ihre Worte trafen Max tief. Er begann über seine eigenen Leidenschaften und die Dinge nachzudenken, die ihm wirklich wichtig waren. Claudia hatte etwas in ihm geweckt, eine Sehnsucht nach Freiheit und Authentizität.

In den nächsten Stunden unterhielten sie sich über alles Mögliche, von ihren Träumen und Zielen bis hin zu ihren

Ängsten und Herausforderungen. Claudia teilte ihre Geschichte mit Max – wie sie das Skaten als Zuflucht in schwierigen Zeiten entdeckt hatte und wie es ihr geholfen hatte, sich selbst zu finden.

Als der Wettbewerb zu Ende ging und sie den Ort verließen, fühlte Max eine tiefe Dankbarkeit für Claudias Präsenz in seinem Leben.

Sie hatte ihm eine neue Perspektive eröffnet und ihm gezeigt, dass es in Ordnung ist, seinen eigenen Weg zu gehen, unabhängig von den Erwartungen anderer.

Während sie in den Sonnenuntergang fuhren, spürte Max, wie sich etwas in ihm veränderte. Claudia hatte ihm nicht nur die Welt des Skatens nähergebracht, sondern auch die Bedeutung von Selbstausdruck und Freiheit.

Es war ein Schritt in Richtung einer neuen Zukunft, einer Zukunft, in der er

selbst bestimmen konnte, wer er sein
wollte.

Dr. Berger und Herr König trafen sich seltener, da beide die Auswirkungen ihrer Annäherung auf ihre Kinder respektierten. In einem kurzen Telefonat teilten sie ihre Sorgen und Hoffnungen.

«Ich vermisse unsere Gespräche, Martina», gestand Herr König. «Aber ich verstehe, dass wir jetzt vorsichtig sein müssen.»

«Ja, das Wohl unserer Kinder steht an erster Stelle», erwiderte Dr. Berger. «Aber ich hoffe, dass wir einen Weg finden können, der für uns alle funktioniert.»

An einem kühlen Samstagnachmittag trafen sich Lena und Daniel in einem kleinen, abgelegenen Café am Rande der Stadt. Lena hatte Daniel um dieses Treffen gebeten, da sie jemanden zum Reden brauchte, jemanden, der außerhalb der komplizierten Dynamik ihres Lebens stand.

«Danke, dass du gekommen bist», begann Lena, als sie sich gegenüber an einem kleinen Tisch niederließen. «Ich brauche gerade jemanden, der zuhört.»

Daniel lächelte sanft. «Immer, Lena. Was ist los?»

Lena seufzte und begann, ihre Gedanken auszusprechen. Sie erzählte von den neuesten Entwicklungen zwischen ihren Eltern und wie dies ihre Gefühle für Max komplizierter gemacht hatte.

Sie sprach von ihrer Verwirrung, ihren Ängsten und der Unsicherheit, die sie empfand. Auch davon, dass die aktuelle Pause der Beziehung schlimmer ist, als eine endgültige Entscheidung treffen zu müssen.

Daniel hörte aufmerksam zu, nickte und gab ab und zu einen Gedanken oder eine aufmunternde Bemerkung ein.

«Es klingt so, als wärst du in einer schwierigen Lage», sagte er nachdenklich. «Aber weißt du, manchmal ist das Leben kompliziert. Es ist in Ordnung, verwirrt zu sein.»

«Ich weiß», erwiderte Lena. «Ich frage mich nur, ob ich die richtigen Entscheidungen treffe.»

«Das Wichtigste ist, dass du ehrlich zu dir selbst bist», riet Daniel. «Hör auf dein Herz, Lena. Es weiß oft mehr, als wir denken.»

Das Gespräch wechselte dann zu leichteren Themen. Sie sprachen über ihre Lieblingsbücher, Pläne für die Zukunft und sogar über kleine Alltagsgeschichten.

In diesen Momenten fühlte Lena eine Leichtigkeit, die sie lange vermisst hatte.

Als der Nachmittag sich dem Ende zuneigte und sie das Café verließen, fühlte Lena sich ein wenig leichter. Daniels Worte hatten ihr geholfen, die Dinge aus einer anderen Perspektive zu sehen.

«Danke, Daniel», sagte sie, als sie sich verabschiedeten. «Du bist ein guter Freund.»

Daniel lächelte. «Jederzeit, Lena. Denk daran, du bist nicht allein.»

Während sie nach Hause ging, dachte Lena über Daniels Worte nach. Sie wusste, dass sie Entscheidungen treffen musste, Entscheidungen, die ihr Leben verändern würden.

Aber jetzt, dank Daniel, fühlte sie sich ein wenig besser vorbereitet, diesen Weg zu gehen.

Auf dem Nachhauseweg traf sie zufällig auf Max. Sie sprachen über alltägliche Dinge, vermieden aber das Thema ihrer Beziehung und ihrer Eltern. Als sie sich schließlich verabschiedeten, war es ein Abschied voller unausgesprochener Worte und Gefühle.

Max ging nach Hause und sah sich alte Fotos von ihm und Lena an. Jedes Bild war ein Echo der glücklichen Zeiten, die sie geteilt hatten.

Tief in seinem Herzen wusste er, dass er eine Entscheidung treffen musste – nicht nur für sich, sondern auch für Lena.

Lena ihrerseits sah aus ihrem Fenster in den Nachthimmel und fühlte sich verloren und doch irgendwie hoffnungsvoll. Die Sterne schienen zu flüstern, dass am Ende alles gut werden würde, auch wenn der Weg dorthin ungewiss war.

Kapitel 10

Lena und Max trafen sich in ihrem vertrauten Café, einem Ort, der Zeuge vieler ihrer Gespräche und Lachen gewesen war. Heute jedoch lag eine Ernsthaftigkeit in der Luft.

Sie wussten beide, dass sie eine Entscheidung treffen mussten, eine Entscheidung, die nicht nur ihr eigenes Leben betraf, sondern auch das ihrer Eltern.

«Max, ich habe darüber nachgedacht», begann Lena vorsichtig. «Über uns, unsere Eltern… Ich glaube, wir sollten ihnen die Chance geben, zu sehen, wohin ihre Gefühle sie führen.»

Max nickte langsam.

«Ich habe dasselbe gedacht. Es fühlt sich an, als wäre es das Richtige, auch wenn es schwer ist.»

Sie sprachen offen über ihre Gefühle, darüber, wie sehr sie einander schätzten, und dass ihre Entscheidung nicht das Ende ihrer tiefen Verbundenheit bedeutete. Es war ein Gespräch, das von gegenseitigem Respekt und Fürsorge geprägt war.

Gemeinsam beschlossen sie, mit ihren Eltern zu sprechen. Sie trafen sich mit Dr. Berger und Herrn König und erklärten ihre Entscheidung.

Die Eltern waren zunächst überrascht, dann aber berührt von der Reife und dem Altruismus ihrer Kinder.

«Wir möchten, dass ihr beide glücklich seid», sagte Max. «Ihr habt das Recht, euren eigenen Weg zu finden, genau wie wir.»

Dr. Berger und Herr König waren sichtlich bewegt.

«Wir wissen das zu schätzen», sagte Herr König. «Und wir versprechen, dass wir eure Gefühle in all dem nie außer Acht lassen werden.»

In den Wochen, die folgten, fanden Lena und Max Trost in ihrer Freundschaft. Sie unterstützten einander, während sie zusahen, wie sich die Beziehung ihrer Eltern langsam entfaltete.

Dr. Berger und Herr König trafen sich häufiger, erkundeten vorsichtig die Möglichkeit einer gemeinsamen Zukunft.

Ihre Verbindung wuchs, geprägt von der Unterstützung und dem Verständnis, das sie von ihren Kindern erhalten hatten.

Max verbrachte weiterhin Zeit im Skatepark, fand Freude und Ablenkung in der Gemeinschaft und bei Claudia. Lena, die sich auf ihre akademischen Interessen konzentrierte, fand Trost in Daniels Freundschaft, der immer für sie da war.

Lena und Daniel planten einen Abend, um gemeinsam den Sternenhimmel zu beobachten. Ausgestattet mit einem Teleskop und Decken, machten sie es sich auf einer Wiese außerhalb der Stadt bequem, weit weg von den störenden Lichtern.

Während sie durch das Teleskop schauten und über die Wunder des Universums sprachen, wuchs die Nähe zwischen Lena und Daniel.

In einem Moment des gemeinsamen Staunens über die Schönheit des Sternenhimmels fanden ihre Hände zueinander, ein sanftes und doch bedeutungsvolles Berühren.

«Es ist erstaunlich, wie klein unsere Probleme erscheinen, wenn man sie mit der Unendlichkeit des Universums vergleicht», sagte Daniel nachdenklich.

Lena nickte und hielt seine Hand fester.

«Ja, das Universum gibt uns eine Perspektive. Und manchmal auch Klarheit», erwiderte sie leise.

Die Sterne funkelten wie Diamanten auf dem schwarzen Samt des Nachthimmels, und die Stille der Nacht umhüllte sie wie eine warme Decke.

Daniel war still neben ihr, sein Blick auf die unendlichen Weiten des Universums gerichtet. Er drehte sich zu ihr um und sah Lena an, seine Augen voller Wärme und Zuneigung.

In diesem Moment schien die Zeit stillzustehen, und alles, was zählte, war die Verbindung, die zwischen ihnen entstanden war.

«Lena», sagte Daniel leise, seine Stimme fast ein Flüstern, «es gibt etwas, das ich schon lange tun möchte.»

Bevor Lena antworten konnte, beugte sich Daniel zu ihr hinüber und berührte sanft ihre Lippen mit seinen.

Es war ein zarter, forschender Kuss, der schnell an Leidenschaft gewann, als Lena ihn erwiderte. Ihre Hände fanden zueinander, und in diesem Kuss, der unter den Sternen stattfand, fanden sie einen gemeinsamen Rhythmus, einen Ausdruck ihrer wachsenden Gefühle füreinander.

Als sie sich voneinander lösten, sahen sie sich in die Augen, und Lena erkannte eine Wahrheit, die ihr Herz bereits wusste. Daniel war mehr für sie geworden als nur ein Freund.

Er war jemand, der ihr Herz berührte und ihr zeigte, dass es möglich war, nach Verlust und Trauer wieder Liebe zu empfinden.

In der Zwischenzeit hatten Dr. Berger und Herr König ihre Beziehung gefestigt und waren nun offiziell ein Paar.

Dies führte dazu, dass Lena und Max sich regelmäßig begegneten, wenn ihre Eltern Zeit miteinander verbrachten.

Bei einem dieser Treffen sprachen Lena und Max offen über ihre neuen Wege.

«Ich bin wirklich glücklich, dass unsere Eltern zueinandergefunden haben», sagte Lena. «Und ich bin froh, dass wir beide unseren Frieden damit gefunden haben.»

Max nickte.

«Ja, ich auch. Es ist seltsam, wie sich die Dinge entwickeln, aber am Ende scheint alles einen Sinn zu ergeben.»

In den Wochen, die folgten, fand Max sich immer öfter in Claudias Gesellschaft wieder.

Ihr gemeinsames Interesse am Skaten und ihre lebhaften Gespräche hatten eine Verbindung geschaffen, die über bloße Freundschaft hinausging.

Eines Abends lud Claudia Max zu einem Besuch in ihrer Lieblingsskatehalle ein.

Die Halle war bekannt für ihre anspruchsvollen Rampen und wurde von einer eng verbundenen Community von Skatern frequentiert.

Als sie dort ankamen, war die Atmosphäre elektrisierend. Skater aller Altersgruppen übten ihre Tricks, und die Luft war erfüllt von der Energie und Leidenschaft, die sie in ihre Kunst investierten.

Claudia war in ihrem Element. Sie führte Max herum, stellte ihn ihren Freunden vor und zeigte ihm einige ihrer Lieblingstricks.

Max war beeindruckt von ihrer Geschicklichkeit und ihrer Fähigkeit, sich in dieser Umgebung zu bewegen, als wäre es ihr zweites Zuhause.

Nachdem sie einige Zeit dort verbracht hatten, zogen sie sich in eine ruhigere Ecke der Halle zurück.

Bei einem Getränk begannen sie, über ihre Leben außerhalb des Skatens zu sprechen. Claudia erzählte von ihrer Kindheit, ihren Träumen und den Herausforderungen, die sie überwunden hatte.

Max hörte aufmerksam zu und fühlte sich durch ihre Geschichten inspiriert. Er begann, über seine eigene Vergangenheit und die jüngsten Veränderungen in seinem Leben zu sprechen. Claudia hörte ihm mit einer Offenheit und einem Verständnis zu, das Max selten erlebt hatte.

Nachdem sie die Skatehalle verlassen hatten, schlenderten Max und Claudia durch die nächtlichen Straßen, begleitet von dem sanften Geräusch ihrer Skateboards auf dem Asphalt. Die Stadt lag ruhig vor ihnen, und die Sterne funkelten hoch oben am Himmel.

«Heute Abend war unglaublich», sagte Max, während sie anhielten, um auf eine Brücke zu steigen, die einen malerischen Blick auf die Stadt bot.

«Ja, das war es», stimmte Claudia zu. Sie stand neben ihm, ihre Augen reflektierten das Sternenlicht. «Weißt du, Max, ich habe nicht erwartet, dass ich jemanden wie dich treffen würde.»

Max blickte Claudia an, erfasst von der Tiefe des Moments.

«Claudia, ich…», begann er, aber die Worte blieben ihm im Hals stecken. Stattdessen ließ er seine Gefühle sprechen.

Langsam neigte er sich zu ihr, und Claudia schloss die Lücke. Ihre Lippen trafen sich in einem sanften, zögernden Kuss, der schnell an Intensität gewann.

Es war ein Kuss, der die ungesagten Worte und die tiefen Gefühle ausdrückte, die zwischen ihnen gewachsen waren.

Als sie sich voneinander lösten, lag ein neues Verständnis in ihren Blicken. In diesem Kuss hatten sie eine Verbindung entdeckt, die weit über Freundschaft hinausging – eine Verbindung, die in den Sternen zu stehen schien und die Versprechen einer ungewissen, aber hoffnungsvollen Zukunft in sich trug.

«Claudia», flüsterte Max, «ich glaube, das ist der Beginn von etwas ganz Besonderem.»

Epilog

Ein Jahr war vergangen, seit Dr. Berger und Herr König ihre Beziehung begonnen hatten, und heute war ihr großer Tag – ihre Hochzeit.

Die Zeremonie fand in einem wunderschönen Garten statt, unter einem strahlend blauen Himmel, der sich später zu einem funkelnden Sternenhimmel wandeln würde.

Lena und Max, jetzt in der Rolle der Kinder des Brautpaares, standen Seite an Seite, ihre Augen leuchteten vor Freude für ihre Eltern.

Beide hatten in den vergangenen Monaten neue Wege eingeschlagen und waren zu guten Freunden geworden, fast wie Geschwister.

Daniel und Claudia waren ebenfalls da, jeder an der Seite von Lena und Max.

Die vier hatten eine enge Freundschaft entwickelt, geprägt von gemeinsamen

Erlebnissen und einer tiefen Verbindung.

Als Dr. Berger und Herr König ihre Gelübde austauschten, blickten Lena und Max auf ihre Eltern – zwei Menschen, die trotz aller Widrigkeiten zueinandergefunden hatten.

Es war ein Moment des Glücks und der Hoffnung, der zeigte, dass das Leben manchmal unerwartete, aber wunderschöne Pfade bereithält.

Nach der Zeremonie feierten alle ausgelassen. Es wurde gelacht, getanzt und mit Wasser, Saft und Limonade auf die Zukunft angestoßen.

Lena und Daniel, eng umschlungen, tanzten unter den Sternen, während Max und Claudia sich gemeinsam über die Skateboard-Tricks amüsierten, die sie als Nächstes ausprobieren wollten.

Am Ende des Abends, als die letzten Töne der Musik verklungen waren und die Sterne am Himmel ihr funkelndes

Schauspiel fortsetzten, standen die Gäste gemeinsam draußen.

In dieser friedvollen Atmosphäre, unter dem weiten Sternenzelt, spürten Lena, Max, Daniel und Claudia eine tiefe Verbundenheit – nicht nur miteinander, sondern auch mit dem Universum, das über ihnen leuchtete.

Sie waren Teil einer größeren Familie geworden, einer Gemeinschaft, die durch Liebe, Freundschaft und geteilte Erfahrungen geprägt war.

Sie blickten in die Sterne und wussten, dass sie, egal welche Herausforderungen die Zukunft auch bringen mochte, diese gemeinsam meistern würden.